AF321245

AVANT LA REPRÉSENTATION

D'UN

OPÉRA DE G. NADAUD

PROLOGUE

PAR E. TOURNEUX

MARS 1857

PARIS

IMPRIMERIE DE J. CLAYE

RUE SAINT-BENOIT, 7

PERSONNAGES

DUROSIER, jeune marié.	MM. Ch. Grandjean.
DUHOUX, vieux garçon.	Eug. Tourneux.

PROLOGUE

SCÈNE PREMIÈRE

DUHOUX, seul.

Ah! que c'est fatigant et quel profond ennui!
Mais, par bonheur, du moins, je suis libre aujourd'hui.
Combien dans ces plaisirs l'hiver est monotone!
Sortir et rencontrer partout, Dieu me pardonne,
Des bedeaux déguisés en noirs maîtres d'hôtel,
Le matin, en mollets déjeunant de l'autel,
Et qui, le soir venu, sous le feu des bougies,
Dans des gants de coton cachant leurs mains rougies,
Vous offrent gravement glaces et petits fours,
Tandis que le raout va grandissant toujours.
Entendre un aboyeur qui, d'une voix terrible,
Vous lance à pleins poumons, comme un trait sur la cible,
De tous les arrivants les noms estropiés!..
Puis, suprême régal! voir danser *les Lanciers*,
Quadrille d'Outre-Manche, œuvre nationale,
Vrais accords, sur ma foi, d'entente cordiale,
Pour tâcher d'allier *la Gigue* au *Menuet*,
Et l'entrain de John-Bull aux saluts d'Exaudet!..
Non, non, je n'en veux plus. J'en ai trop des voitures,
Des fêtes, des salons. O printemps! ô verdures!
Reviendrez-vous bientôt, par votre éclat vainqueur,
Réjouir à la fois et mes yeux et mon cœur?

Votre règne est passé, fleurs artificielles,
Quand blanchit l'aubépine et quand les demoiselles
Au milieu des iris ou parmi les roseaux
Volent en liberté sur le bord des ruisseaux !...
Mais, en attendant mieux, ce soir je me repose,
Et qui viendra, bien sûr, trouvera porte close...

SCÈNE II

DUROSIER, entrant.

Bonsoir, mon vieux Duhoux !..

DUHOUX.

                    Et quel heureux hasard,
Cher Durosier, t'amène auprès de moi si tard ?
J'allais dormir... La nuit est cette bonne fée
Qui change les pavots du classique Morphée
En un breuvage plein de rêves et d'oubli...

DUROSIER.

Ta, ta, ta ! ton esprit serait-il affaibli ?
Tu parles de hasard ! c'est un mot par trop bête,
Et qui n'est pas français, quand la vie est bien faite
Et qu'on marche à son but. Je désirais te voir,
Et pour te rencontrer je suis venu ce soir.
Beau miracle, en effet, et le doute est impie !
Je connaissais le nid et j'y trouve ma pie :
Elle allait se coucher ; moi, je ne le veux pas.
Je te le dis tout haut, ne pouvant parler bas.
Tu sais que je suis rond et franc dans mon allure...

DUHOUX.

Je sais que ton bonheur t'épargne tout murmure.
Ton esprit positif s'est fait un piédestal
De la réalité, de ce monstre banal
Qui vient manger les cœurs à la sauce des chiffres,
Et traite lestement les poëtes de fifres
Ou de tambours fêlés... Soit! mais le régiment
Sans eux ne peut marcher : voilà mon sentiment.
C'est donc bien d'être hostile à toute poésie?

DUROSIER.

J'ai, tel que tu me vois, fait ma philosophie
Avec un vieil abbé, doux et spirituel,
Qui fêtait chaque saint selon le Rituel,
Mais qui disait qu'Horace était son bréviaire!
Il aimait le bordeaux riant dans la fougère,
Le mouillait quelquefois d'eau bénite de cour...
Horace l'absolvait d'avance et chaque jour.
Les plus simples propos, en passant par sa bouche,
Devenaient délicats. Point de discours farouche;
Il voulait qu'on jouît de tout bien mérité
Et sa seule devise était : Honnêteté!
C'était limpide et net comme le vieux Massique,
C'était réconfortant, c'était sain et pratique.
La vie est courte, hélas! il faut boire et danser!
J'ai suivi sa doctrine, et pour les dépenser,
Je compte mes écus gaîment comme mes heures,
Tandis que tristement tu rêves ou tu pleures.
Il faut sortir de là. Ne te fais pas prier,
Mon cher, imite-moi. Veux-tu te marier?
Tu peux faire des vers à l'objet de ta flamme...

DUHOUX.

Prends garde, Durosier, tu m'attaques dans l'âme,
Car nous n'entendons pas de la même façon
Ce mot divin : Amour ! Oui, je suis vieux garçon,
Mais je garde toujours jeune ma fantaisie !
Mon cœur cherche partout la parcelle choisie,
Comme l'oiseau, du ciel traverse l'infini,
Un brin de paille au bec pour construire son nid !
Non, ma lèvre n'a pas de la coupe sacrée
Blasphêmé le nectar, et ma bouche enivrée
Toujours de l'idéal a gardé le baiser,
Fièvre sainte que rien ne saurait apaiser !
C'est le charbon de feu du prophète Isaïe,
Qui fond le diamant et qui nous purifie !
L'abeille fait son miel en visitant les fleurs,
Sans connaître jamais leur nombre et leurs couleurs !
Moi, j'aime ! Que ce soit la fille au col de neige,
Aux cheveux ondulés qui sourit dans Corrége.....

DUROSIER.

Eh bien, moi, si j'avais un Corrége, morbleu !
Je le vendrais fort cher et m'en soucirais peu !
On parle mariage : il vous répond peinture,
Abeille, oiseau... Voyons, serait-ce une gageure,
Ou ton pauvre cerveau serait-il étoilé ?
Fi ! mon cher, du piéton d'un cache-nez voilé,
Qui, les mains au gousset, s'avance dans la brume
Et rapporte, en rentrant, ses rêves, plus... un rhume !...
Tu le sais, j'ai pris femme et je m'en trouve bien :
Je suis riche ! Après tout, va, le reste n'est rien !
Je me suis dit : comptons et faisons notre affaire,

L'amour viendra plus tard. Je connaissais beau-père,
Oncles, tantes, cousins, sans être fiancé...

DUHOUX.

Oui, tous tes deuils futurs! calculateur glacé!...
Déesse impitoyable et sœur du Temps qui tue,
L'Espérance est pour toi de crêpes revêtue!
C'est féroce, cela!... Merci de ta leçon!...
J'aime mieux, à ce prix, vivre et mourir garçon!...

DUROSIER.

Mais où donc est le mal? Ma femme est excellente,
Mon portefeuille plein! Inscriptions de rente
Trois et quatre et demi, de bonnes actions,
Des valeurs ayant cours, des obligations!
Je puis faire le bien sans que cela me gêne,
Et, quand elle est en or, on porte mieux sa chaîne!...
Mon joug est attelé de deux chevaux pur sang,
Et pour avoir grand air, je le dis en passant,
J'ai fait, ma foi, poudrer mon cocher pour la ville...
A grands guides je suis une route facile;
Les fleurs! je les connais de vue et j'en jouis
Sans qu'une larme vienne à mes yeux attendris!...

DUHOUX.

Heureux homme qui veut qu'on l'écoute et l'admire!...
Mais mon bonheur à moi, rien ne peut te le dire.
Je l'emprunte toujours au luxe du bon Dieu!
Qu'il soit épanoui dans les couchers en feu,
Ou dans les doux rayons de la lune qui monte,
Mon âme et mes regards n'ont jamais de mécompte!...

Ah ! je sais lire aussi le livre de beauté
Dont chaque jeune fille en sa simplicité
Est un feuillet vivant ! Oh ! je comprends la grâce,
Cet imprévu du cœur que nul don ne remplace !
Oui, Durosier, je suis un grand homme en amour :
Peut-être aurai-je bien ma statue un beau jour.
L'amour mieux que l'argent nous conduit à la gloire,
Et le monde finit par en garder mémoire !...

DUROSIER.

Ah ! je ne comprends plus, et c'est trop fort pour moi !
Eh ! que diable, obéis à la commune loi !...

DUHOUX.

Toujours ! me marier ? Épouser, j'imagine,
Une femme au pastel sur fond de crinoline,
Peinte par elle-même en tons roses et blancs,
Une cage ambulante à six rangs de volants !
Pauvre mère Ève, hélas ! Femme trompée et digne !
Pouvais-tu soupçonner que ta feuille de vigne
Devait un jour avoir quinze mètres de tour,
En déguisant si mal la forme et son contour !...

DUROSIER.

Allons ! pourquoi céder à ton humeur chagrine ?
Pourquoi condamner tout, jusqu'à la crinoline ?
Le monde a ses travers. Mais, toi, n'en as-tu pas ?
Crois-tu que ton système ait de bien doux appâts ?
Les pieds sur tes tisons, couché dans ton Voltaire,
Ne fumant même pas, de peur de te distraire,
Tête-à-tête avec toi, tu restes à bâiller,

Tu te crois philosophe et tu viens nous railler
Quand nous faisons des frais pour cet aimable sexe
Qui nous trouve à son goût. Et c'est ce qui te vexe !
Mais il ne tient qu'à toi d'être partout fêté.
On te sait de l'esprit. La verve et la gaîté,
Mon cher, seront toujours plus sûr moyen de plaire
Que des airs de Caton et qu'un visage austère.
Vivons avec le temps, hurlons avec les loups,
Quand les loups sont gentils, quel risque courons-nous ?
Crois-moi, mon cher Duhoux, sors de ton apathie,
Viens avec moi ce soir, je te réconcilie
Avec le genre humain ! Allons, prends tes gants blancs,
Endosse l'habit noir... Mais sois prompt... Je t'attends !...

DUHOUX.

Mais où me mènes-tu ? Prétends-tu me conduire... ?

DUROSIER.

Dans un salon charmant !... Tu peux ne pas sourire,
Mais c'est la vérité. Si tu t'en trouves mal,
Ma foi, je te déclare un fier original.
Voyons, pour t'enlever cette mine maussade,
Je deviens médecin... J'ordonne à mon malade...

DUHOUX.

Un repos absolu. Durosier, laisse-moi !
J'ai besoin d'être seul. Je ne veux pas de toi
Faire un conducteur d'ours. Je garde mes gambades,
Le répertoire usé de ces compliments fades
Qu'on ne devrait pouvoir entendre sans rougir. .

DUROSIER.

Mais tu ne diras rien, si tel est ton plaisir...

DUHOUX.

Eh bien, une autre fois! Pour ce soir à ma guise.
Je...

DUROSIER.

Je t'ai ménagé, sauvage, une surprise!...
Tu me parais d'ailleurs assez peu converti ;
Mais lorsque je t'aurai cependant averti
Que je te mène entendre un vrai concert de fête,
Un petit opéra du musicien poëte...

DUHOUX.

Du Nadaud!... Dans ce cas on ne peut mieux prêcher ;
Tu te montres trop bon ; je me laisse toucher!...
Aimable compagnon de joie et d'harmonie,
Par sa jeune pensée aux doux accords unie,
Nadaud captive, égaie et charme tous les cœurs !
Au gré de ses accents et de ses doigts vainqueurs
Il appelle le rire ou la mélancolie
Et du bon sens gaulois c'est la muse assouplie.
Allons donc l'écouter ! — Mon positif ami
Passe, sans s'en douter, dans le camp ennemi,
Et crîra tout à l'heure, oubliant sa critique :
Vive la poésie et vive la musique!...

PARIS. — IMPRIMERIE DE J. CLAYE, RUE SAINT-BENOIT, 7

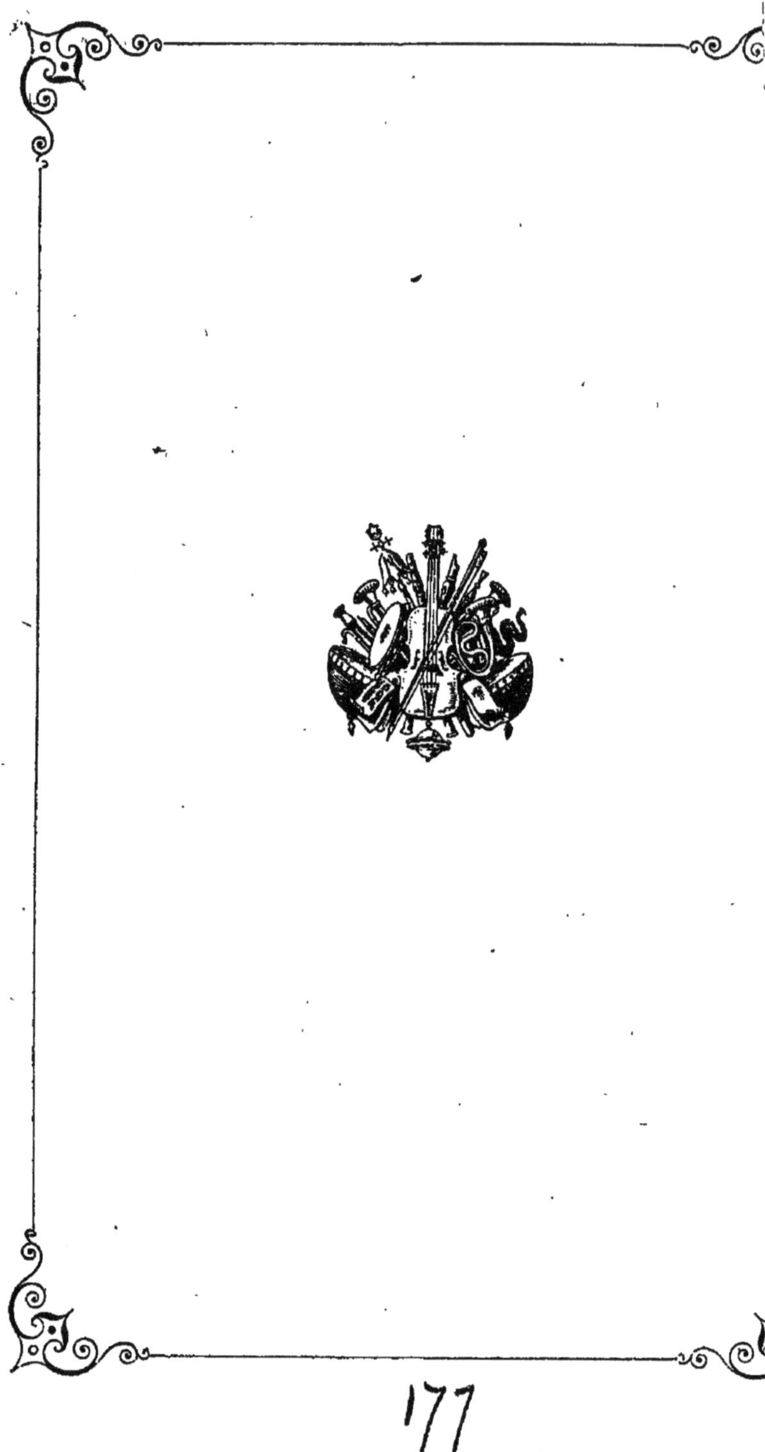